聖木立

橋本喜典歌集

角川書店

目次

Ⅳ　二〇一八（平成三十）年

装画　奥田修一
装幀　南　一夫

歌集

聖木立

橋本喜典

Ⅰ

二〇一五（平成二十七）年

満ちわたる

秋空にうごくともなき雲ありて「時」は隈《くま》なく満ちわたりゐむ

書斎より月の在り処《ど》は見えねども歴舟川《れきふねがは》石が
をりをりひかる

はなみづき葉のくれなゐのその陰に珠《たま》実《み》の濃
きをかすむ眼に見る

何事も及びがたき身歌詠むを天命としてよろこび長し

眼科医の「圧」の図解の説明をかすむ眼に見てうなづくわれは

いつよりかわが傘なくて覚えなき傘が立ちをり傘立ての中

傘立ての見知らぬ傘を二度三度さしてゐるうち手に馴れてきぬ

ポストへと杖つくわれを追ひ越して競歩選手のごときご婦人

あいまいに言つておくより仕方ない今はと自分に言ひきかせをり

人間といふ不可解を人間に生れて知りてやがて畢らむ

競争心うすかりしわれ教壇に何をか言ひて励ましたりし

彫りくれしひとに似通ふ観世音ガラスの棚に
俯きいます

昭和二十年秋の焦土の空をゆくかりがねに敗
れし国を見たりき

Ⅱ

二〇一六（平成二十八）年

永遠の今

平成二十八年　歌会始　お題「人」
戦ひにあまたの人の失せしとふ島緑にて海に横たふ
この天皇の歌は、前年の四月、パラオ訪問時を詠まれたもの。

歌会始いくさに死にし人々を悼むは天皇の歌
一首のみ

他者のせし決断を重き責《せめ》として慰霊の旅をつづけ来し人

*

玉手箱ひらくやあまた情報の煙《けむ》に咳きこむ現代人は

大凡は無用無益の情報がおぼろなるわが耳目《じもく》をおそふ

聾唖者に一生《ひとよ》尽くしし洋祐さん夫人は二十歳《はたち》の声のままなる

河合氏

天も地も地も地に在るわれも静寂《せいじゃく》につつまれて時は永遠の今

忘れものしてゐるやうに歌詠めず越後の米を
ゆつくりと噛む

指先に札《さつ》は誦《よ》まれて渡されて硬貨渡されパン
わたされぬ

美容院の看板の「カット」がカツドンに見えたるわれは元気なるべし

自制心とみにつよまるこのごろを否定し肯定しやはり否定す

さまざまの映像にみる三月の涙拭く人遠くを
見る人

悼むひと責めらるるひと無念のひと歓喜のひ
とも涙さまざま

並《な》み立てる大き欅は三月の天に触れつつ芽吹けるならむ

並み立てる大き欅は無数なる細枝の芽生え天に向けゐむ

ひねもすを現場に立ちて旗を振る警備の人に
もけふ春の風

うなかぶし居りたる草は立ち上がり見よ見よ
とわがかすむ眼に言ふ

さくら

無記名にて万引きのこと告げて来し生徒も疾うに親となりゐむ

爆睡の語をうとみしが「爆買い」は札束の前
に平伏《ひれふ》すことば

ひそかにも持ち物検査されてゐし戦時の中学
この当り前

をりをりは濁り激しく岩を嚙む肉体にやどる
精神の川

うちふかく祈り持つわれ三月の桜はいまだ黙《もだ》
ふかく立つ

病院の門に花咲く季節きて誰よりもいま情濃きさくら

麻痺の足「われ」を支へてここに立つ老いし桜の花びら享けて

衰へに向かふ五体を支へゐる麻痺せる足の懸命を知る

昨日死にし教へ子は今日を知らぬなり生きゐる者の胸に生きゐて

教へ子の消息の哀れ思はれて箸のとまるを訝しがらる

二〇一六（平成二十八）年五月三十日。
信州松本なる金峯山牛伏《ごふく》寺境内にわが歌碑建つ。

さわらびを清らにぬらし夜の明けをわが精神の川は流るる

わが歌碑の背に彫られたる「教え子有志一同」の文字撫でてやまずも

働く

働くといふはよきかな傍《はた》を楽にと幼かりし日
父に聞きしか

送り火を事にかまけて忘れたり一日ながく父母滞在す

わが問ふに石はこたへず草蔭にしづかに在りてわれに見らるる

病むことに支へられつつ生きて来しつよくはかなき実感のあり

愚痴つぽい歌はだめだと屑籠に捨てたる歌ががさりとうごく

「二十四の瞳」のラスト戦場より還りし青年は盲目なりき

転落死の人に添ひゐし盲導犬いづこにいかに引き取られしや

ステッキなど持ちてよろよろゆくわれかあひ
るペンギン従へながら

低《ひく》声《ごゑ》に〝人生劇場〟うたひゐてあはれ咳きこ
む吉良の仁吉は

かすむ眼に一時間だけ見るテレビ十五日間は
けふで終りぬ

最晩年の旅

烈風に横倒しなるトラックの車体をたたき突
き刺さる雨

行きどころなく迷ひ来し烈風が枝垂《しだ》るる萩を
狂はして去る

風の中に花ふるへをり同情にとどまるのみが
常なるわれか

いまわれの荒るる心は八方に薙ぎ倒されし花野のごとし

「あゝいやだ」と言ひさうになり「言つてもよい」と自分にゆるして「あゝいやだ」と言ふ

見つつゐてよろこび湧き来《く》わが鼓動大夕焼けの刻々に侍《じ》す

挽歌七首

死のさまを電話に聞きし一瞬を目眩のごときもの奔りけり

わが胸によき思ひ出の幾つもを残してきみは
在らずなりたり

ゐないのかもうゐないのだと思はする亡き人
のなかにきみも入りしか

受話器とれば「三浦槙子と申します」涼しきこゑにまづ言ひしひと

シベリアに捕はれ死にし叔父のことつぶさに知りて詠みぬ槙子は

めらめらと太陽あらむぼんやりと亡きひとおもふこの部屋の空

中三日おきてをみなの友ふたり死にたり今年水無月半ば

もう一度見てやらむかと起き来しに月下の美
人面伏《おもぶ》せてをり

平成二十八年八月十五日朝悄然と月下の美人

大空を見ることなくて臥してゐし先生を思ひ
いまも悲しむ

女《め》の孫は祖母の介護に十日間泊りて「だめ」
なることばなかりき

手紙の束われに手わたし郵便夫さん笑顔のこして出でてゆきたり

犬の糞《ふん》腰をかがめて拾ふひと働く人は駅へと急ぐ

幸せの極みならずや歯科医師の褒めくるる歯に白飯《しらいひ》を嚙む

僅かなる隙間をさがし一冊をねぢこみてゆく労《いたは》りながら

いまわれは問ひかけられてゐるらしくきこえ
ぬといふ逡巡にゐる

雨音も風音もなきわが耳はこぼるる萩を闇に
聞くかな

ささやかなよろこびはいま車にてわが知る町
を見つつ過ぎゆく

蜻蛉にも重さのありて徒長枝をとびたつたび
に尖端ふるふ

生き方を説ける書物の広告のことばはどこか
上滑りせる

歌詠むに古典と競ふ心なくば一念静かに持続
せざらむ

散じては無となる雲と根をもたずただ在る石
といづれも真実《まこと》

難病といふ道連れの増えまさり最晩年の旅に
ぎにぎし

芸に遊ばむ

この桜樹齢いくばく洞《ほら》見せて突兀《とつこつ》と曲り太枝

支ふ

籠らむと最晩年を意識してつくりし書屋にわれの椅子あり

身弱くも数限りなき恩愛を享けて八十八年の生

祝宴二首

祝はるるわれ立ち上がり声に言ふ喜寿の君らに乾杯をせむ

聞えざる耳傾けて聞かむとし目の前にある天婦羅食へず

雲あらぬ秋の日射しを背に享けて筆と硯をしばらく洗ふ

日の脚の退《そ》きゆく見つつ背のびして洗濯物を取り込みてをり

苦心して鉛のごとき足に履く古きことばの運
動靴を

わが手もて投じたき封書左手にステッキは右
にポストへ向かふ

久々に往還に見つ目的をもちて車の疾駆する
さま

大凡は今を働く車ならむ疾駆すなはち懸命の
さま

ご近所のいつも笑顔の人に会ひ立ち話ながく
なりさうな妻

この年の手帳は遂に持たぬまま深まる秋の羊《やう》
雲《うん》を見る

誘眠剤効かざることを幸ひに一首にむかふ暗きなかにて

ケアマネージャー　ヘルパー　介護　支援など日常用語となりて二年《ふたとせ》

手術して一年の足曳きながら片づけものをする日々の妻

鏡の中の男は誰か整髪をされつつかすむ眼をしばたたく

クリニックへ行くと出で来し道の辺《へ》にちぎれて走る今年の落葉

飛行機かと眼は捉ふれど聞えねば音なき音のゆくへを追へり

師の墓に参らぬ三《み》年《とせ》晩秋の雑司ヶ谷墓地を思
ひゐがくも

山茶花の耀ひ冷《さ》めてみづからが誘ひしごとく
闇に隠るる

おだやかに秋白光《びやくくわう》の山茶花は雪晴れの庭に
散るを急がず

固きものに蔽はれてゐる東京と思ふに小庭《さには》の
土は貴し

真直ぐに黄を冠《かうむ》りて立ちてゐるカンナの生《せい》も
畢らむとする

夏草に隠れてをりし石五つ静かに白き冬の日
を受く

〝四季の道〟も見放《みさ》くるのみに行きがたくかの木隠《こがく》れも冬に入るらむ

「日常」の音のきこえぬ中にゐて長閑《のど》にはあらぬ一日《ひとひ》また一日

いまわれはかかる念ひを断たねばと胸の奥処《おくが》
のこゑを聞くなり

見えぬこと聞えぬことは歌詠むに大いなる負《ふ》
かいまだわからず

現身は病の器負くまじき精神といふも現身はもつ

新しき己れに会ふをたのしみて吾はも古き芸に遊ばむ

天地

あこがれは欲のかなたにあるものと小庭《さには》の石がわれに語れり

庭土を落葉走れり薄青き空なる雲は急ぐともなし

青空のとざされゆくを見つつゐて鎮まりがたき心の隈《くま》あり

雲切れて青空今しよろひ戸の透き間に見ゆる
よろこべと如

ブラインドが壁に縞作《な》す影のなか小鳥の影が
一瞬に過ぐ

点眼の面《おも》仰向けてをりしとき濃藍《こあゐ》の空に眉月を見ぬ

桜木の古木《こぼく》の洞《ほら》を見つつゐて戦《いくさ》に掘りし壕思ひ出づ

グラウンドに片膝つきて別れする投手の写真
にしばし見入りつ

広島カープ　黒田博樹投手

家計簿のごときをつけて半年か何の役にもた
たずと知れど

薄汚き宿帳なりき日下部《くさかべ》の駅前旅館にひとり
宿りき

現山梨市駅

読みたいと思ひて仰ぐ書架の本抽きだす気力
なきをあやしむ

樫の実のひとりの友を思ひをり女《め》の友多く男《を》の友もまた

東京に生れたるわれ郷国も郷土も遠きことばと思ふ

水盤の小石も砂も富良野なる奥田画伯の賜りしもの

精神の冀求《ききう》を言へることばにて「動揺」と言ひぬ先師空穂は

文《ぶん》を書くよろこび湧けとパソコンのマウスの
底の紅き灯《ひ》ひかる

行く雲と動かぬ石を晩年の友としてわれ天地
を生くる

われいまいづこ

園芸店の水に濡れたる石畳杖と足とが用心をする

痛む眼を庭に向くれば一斉にハーブチェリー
がわれの眼を見る

ケンコウと打てば真つ先に兼好に出遭へり今
朝のパソコン嬉しも

祝福は祈るこころのかなたにて届かねばいのる心を捨てず

ふたり子は来合せて紅茶飲みながら音楽のこと語りゐるらし

書くことの想をめぐらしめぐらしてそれのみにけふも過ぎゆきしかな

歓びと驚きとそして可憐さを　まあ。の一語に伝ふる手紙

ハーブチェリー小さき紅の花群は力尽きしか
みな俯きぬ

あそぶ風葉ずれ囀り人の声きこえねばつねに
雪の夜のごと

浴室に手摺り付くると若者は高さ測るとわれに握らす

見るわれの心を映し沈黙のすがたに秋の草花はある

移りゆく季《とき》なるものをくれなゐに黄に彩《いろ》ひつつ秋去りて冬

そこまで百歩

われは今いかにか聞かむ猿の声を捨子のこゑ
と聞きし旅人

猿を聞く人捨子に秋の風いかに　野ざらし紀行

汝《な》が性《さが》のつたなきを泣けと言ひすてて捨子の
傍《そば》を過ぎし旅人

絶望の一歩手前の施策にて赤ちゃんポストか
なしかりけり

お喋りの聞えぬ耳は仕方なし幼子の列を避けて手をふる

手をつなぎ散歩の幼児らつなぎたる手ははなさずに片方をふる

ご近所の若き母親三人目は男の子よと見せにきたりぬ

緑児よ米寿のわれはおのづから八十八年後の人類思ふ

傲慢はあらゆる差別に直結す弱者を蔑《なみ》し蹴落す世となる

龍安寺に蹲踞《つくばひ》ありてひつそりと四文字刻む吾唯知足

山茶花のかがやき咲ける下に立ち思はぬ冷え
がからだをのぼる

わが思惟はいま活発にうごきをり雨に打たる
る石見つつゐて

大銀杏一気に彩《いろ》ふ寒気かと石うちたたく雨に
思へり

大銀杏の真下に立たむステッキに頼《よ》りて百歩
を歩みてゆかむ

秋の空夕べの果てはかすむ眼に近景よりもふかき寂しさ

愚痴の歌と歎きの歌の差はなにか心の生める
ただ一重《ひとへ》の差

この人の歌集はふかくかなしけれどわれのご
とくに苦しげならず

福耳と子どものころから言はれたり老いてき
こえぬ福耳となる

書屋爽庵

満天星《どうだん》の赤き芽生えを見つつゐて女孫《めまご》にやどるいのち思ひつ

聖書詩篇日に一篇を読みながら平和を待ちし
南原繁
歌集『形相（けいそう）』

一合の米のとぎ汁つめたきを草々萎ゆる粗土《あらつち》に撒く

韻律を求め求めて納得に到りつくまでを推敲
といふ

この空のかなたに山ありその山の向うの海に
夕日が沈む

「永遠《イタルニチー》の浜」なることば徳富蘆花のエッセイ
にありて愛誦せりき

爽庵はわが書屋いま冬晴れの白くかがやく日
の真下なり

はるかなるゴールをめざしつぎつぎと断雲走る冬晴れの空

はしけやし濃き思ひ出の幾つもを分けあひしきみこの世に在らず

胸を張りたつたつたつたつと気持よく遠ざかりたるわれいまいづこ

*

医学生こころを病みて四十年教へ子なれば電話かけくる

「訪ねます」「待つてゐるよ」と幾十《いくそ》たび交ししか彼は和歌山に病む

四十年むかしの友の名をあげて病む教へ子の
電話はながし

Ⅲ

二〇一七（平成二十九）年

憶良のごとく

いま聞くは「時」のあしおと大年の詠み納め
歌パソコンに打つ

五七五七七のこの韻律を憶良のごとくわれは
つぶやく

この朝は七草粥に一つまみ塩を落してガスの
火を消す

若草を摘む春の丘さをとめは万葉集の開巻に
出づ

物故歌人の名簿は子規にはじまりて末尾に三
浦槙子を記す

ジューサーを押す手ごたへの重きより軽きに
移り音の添ひゆく

しんしんときこえぬ耳を宙《そら》みみと名づけてひ
とり星のこゑきく

宙《そら》みみをもちたるわれは千万の芽生えの音を
音楽と聞く

透きとほる容器の水より三本の枝のびて黄の
満作咲かす

励むことけふはしないと決めたれど所在のなくてうろうろと正午

楽しげに笑ひ居ることわからねど見てゐるうちに貰ひ笑ひす

投函しすこし歩きて往還の遠くかすむにあこがれの湧く

方法も論も多々あれ歌詠むはただひたすらに己れに従ふ

稲葉京子の歌は純粋二度ばかり微笑黙礼交し
たるのみ

高齢者の高級施設寂寞《せきばく》と並びてをりし扉《ドア》に日
のかげ

箱根駅伝別府マラソン日本の地名に躍る若さ
羨《とも》しむ

穏やかなる心にミロは描きけむ大雪の朝の朱《しゆ》
の壁の家

ＣＯＰＤ抑ふる物質の発見を報じる記事を夕べ切り抜く

ＣＯＰＤ呼吸器症候群（肺気腫）

ＣＯＰＤ治療薬世に出るころはわれあらね多くの人救はれよ

わが過去はただ一刻も絶ゆるなくいまにつづきてわれ存在す

玄関前に鉢を並べて植物を育てゐる人庭欲しからむ

きさらぎの冬木枯木はおのづから春待つさまに静まりてゐる

結婚記念日　医院病院梯子して酩酊ならずふらふら帰る

聞かせむとソプラノに言ふ妻のこゑ補聴器に
割れて何がなんだか

夢にわれ歌をつくりて飛び起きて手帳に記し
動悸してをり

冬の日に白きシーツを干さむとし物干し竿を
一気に拭ふ

離してもわれの双の眼は一字の画《くわく》を
定かにはせず

極致

能にせよ音楽にせよ落語にせよ芸の極致はかなしみさそふ

河津桜あふるるほどの枝かかへ若き友来る氷《ひ》雨《さめ》のなかを

すらすらとアラビア語書く女《め》の孫の白くほそき手魔法かと見る

地方にゐて歌会の記事読む人とおなじ思ひか
けふは歌会

鋳われてひりひりいたむ指に似て石の肌《はだへ》は痛
くあらぬか

温厚なる万葉学者戸谷高明故郷鬼無里《きなさ》に帰り
しか知らず

カカオの実採るとはたらく写真見つ南の国の
貧しき子らの

わかるやうにの慮《おもんぱか》りにぎりぎりの一線はあり歌の表現

死を思ひ恐るる隙《ひま》もなきままにこの世さらりと抜けたり君は

家出でて町を過ぐれば野に出づるそのやうな
家にこの人は住む

野辺といふたつた二文字の連想に若草色を想
はする歌

生と死の境は知らず一瞬に枝をはなれてひかりつつ落つ

万愚節鰤《ぶり》一本がさばかれて笑顔にうごく十人の箸

「ございます」を自然に使ふこのひとの電話
たのしく終らむとする

パソコンに禱の一字を拾はむといたむ眼《まなこ》に目
薬を注《さ》す

おとなしい姿といふを思はせて音なき雲の白きがうごく

明晰なる頭脳こはれて弟はみづからがここに在るを知らざる

小松菜とバナナのジュース注ぎたるコップを
倒すかすみたる眼は

白き髪整へられてゆく音のけふあたたかき西
行忌なり

死の影に怯えゐるにはあらねどもいつでも来
いといふは嘘なり

罵る

一九四五年六月

沖縄戦の阿修羅の日々を知ることなく夜々空襲の「帝都」にありき

あまたなる無惨死を見し沖縄びと生き残り今に苦しみつづく

沖縄戦に自決せし牛島中将の遺書の心はいづこを迷ふ

琉球処分そして沖縄　今につづく金と武力の
容赦なき歴史

二〇一六年十月二十八日　国連総会第一委員会（軍縮）
核兵器容認すとぞ思はずもわれは日本を罵り
にけり

七五三軍人衣装で宮参りせし子ら老いて真《ま》幸《さき》
く生くるや

ステッキをとる

より深く身に添ふ歌を詠まむかな雨に打たるるこの朝の石

影といふ一語用ゐずこの今の若葉の影をいか
に詠まむか

太陽と木々の若葉の織り成せる地上の美なり
風すこし出づ

物象のひとつひとつをこのやうに慈しみ見しことのありしや

青葉影踏みてステッキに佇つわれはこの刻々の生《せい》をかなしむ

根元《ねもと》を見て幹に添ひつつ天辺《てつぺん》を見てまた根元に帰るわが眼は

清明の空なるさくら根方にはそこに根づきて菫がそよぐ

仰ぎ得し今年のさくらひとひらの花びらあらぬ影のしづけさ

千年の根つこのそばに一輪を可憐に咲かせ畢る根もある

あゝここは吉野の谷にあらざれば車列の往還《みち》
に花びら狂ふ

「散兵線の花と散れ」とふ軍歌ありき体育教
師の声に和したりき

歩兵の本領

電線に三羽居りたる色鳥の一羽のこれり何事ならむ

鳩なりや烏なりやといぶかしき眼に逝く春の雲はたたずむ

鮮やかにわれにもありし季節なりいづれめぐりて秋がくる冬がくる

読み書きにへだたる日々か坂道を転がりてゆく二つの眼《まなこ》

清明の天にか廓寥《くわくれう》たる境にか杖をやすめて亡
きひとおもふ

園芸店の水槽に浮かぶ睡蓮はモネの描きし色
と似かよふ

地下鉄へくだる階段通勤者の傘のしづくに花びらあらむ

地下駅の①番出口ここを出て通勤者われは家路歩みき

教育勅語に敬礼なさず一高を逐はれしは内村鑑三なりき

「賜りたる勅語」取りだし埃はらひ神棚に祀る人もあらむか

天壌無窮の神勅にはじまり数々の勅語の暗記に努めし少年

雲の峰を墓標と見たる作家ありき挙手の礼して航空兵らは

無用なるものとよばるる雑草に今のわが眼は
やすらぎてゐる

朝の日をまともに受けて駅までの道を急ぎき
壮年われは

校門を入れば燕の出入りする玄関ありき五月の朝の

にがかりし思ひ出はうすれ勤めびと教師たりしを謝して今あり

全集を指さして信夫《しのぶ》と読むのだとわれに聞きし少女の日を言ふ

この国のゆくへを思ひ眠られぬ夜のありいづれ無とならむわれ

何をさは苦しみてわれのありけるぞ立ちて歩めば事なきものを　空穂

立ちて歩めば事なきものをの歌の意味こころに置きてステッキをとる

無駄話

花水木の白きに見られステッキにそろり曾呂利と新左衛門ゆく

筆談に歌仙巻きたし笑ひたし耳遠きひと訪ね
きたまへ

コーヒーを飲みながらする無駄話それは豊か
な平凡だつた

お勝手に蕎麦を茹でつつ三朝庵の五代目を継ぎし教へ子思ふ

卵を割り人参きざむ黄と赤の音をたのしむ厨房にわれ

皿の上に皿をかさねてゆく音のきこえるとい
ふよろこび　儚《はかな》

米とぎてとぎたる汁を土にやり石にもかけて
祈ることあり

躓きの石なるがあり躓けば休んでゆけといふ
石もある

落すなよ倒すなよなどと食卓に気遣ひゐるは
われの手か眼か

あっ痛いと声に出しつつ会ひたいひと思ひう
かぶる不思議なるわれ

会ひたいひとあまたあれどもこの世には亡き
ひと在れどももう会へぬひと

山形へ　平成二十九年五月十三日　上山へ

東京駅を車椅子にて運ばるるかかる体験をいましつつあり

十四日、齋藤茂吉誕生日、その日

齋藤茂吉の法要の席にありがたし読経と木魚
と鉦がきこえる

齋藤茂吉の名を冠したる賞を受く一本の道わ
れにありにき

壊れたる耳にきこゆる自分のこゑたよりなき
まま茂吉を語る

祝はれて

きこえぬは人を真顔にするものか写真のわれ
に笑顔のあらず

きこえねば笑むタイミング掴めざり黙然とゐて写真にのこる

女性たち笑つてゐるのに真ん中にわれのみ真顔　つまんないの

迢空賞をいただく　六月三十日

抒情詩として飛翔せよ歌一首技巧の先の何かを超えて

長生きをしてくださいと小池光氏言ひて呉るるにうなづきしやわれ

今生《こんじやう》の握手と思ふその人とその人とそしてこの友とこの友と

花束を抱きて笑みしは夕べなりき一夜明くれば迷妄のわれ

爽庵にて

爽庵はわが書斎にてこの朝の光は夏のつよき
静けさ

あの雲は風に曳かれてゆくならむほそく薄らにかがやきてゆく

オノマトペ思ひつつ見るあの雲をつれゆく風はやはらかならむ

日は沈み折れ曲りたる起重機の疲労困憊が伝はりてくる

折れ沈み居りし起重機朝空に屈託もなく伸びて働く

飛び立ちし色鳥北に向きを変ふさうだお前の
杜はそつちだ

忘れぬこと

戦災に焼けのこりたる一画の垣根に咲きゐし
朝顔の紺

死にゆく若者を送り飛行場に「帽振れえ」
といふ命令ありき

ちちははと東都にありて空襲下万一の別れを
いくたび思ひし

ひとりゐてうつらうつらに思ふこと勤労動員
学徒たりしこと

軍需工場廃墟の日暮れかのときの芹澤榮先生
なに語られし

人間が野獣に堕ちて野獣よりもさらに酷きを
謀る人間

八月十五日　NHK特集の映像

インパールに万の兵士を死なしめて責負《せめ》ふ将
軍の一人だになし

「忘れぬことは道徳である」教科書の第一頁
余白に書かせよ

水打ちて揺るるカンナの広き葉をころがる露
の玉砕を見つ

祝宴二首

死にたいと泣きし生徒も七十歳わが手をとりて泣き顔になる

若者の握手の力通ひくるこころの力　君、君、痛いよ

塗りつぶす気迫の絵画大いなる余白を生かす
しづけき絵画

糸瓜忌もすぎてひと月ぬばたまの夜毎をわれ
は痰にくるしむ

誕生日祝ひて言へば電話の声やや昂ぶりてその年齢《とし》を言ふ

時が逝くのか時を行くのか若き日の思ひの色の変りつつ老ゆ

新しい発見

洗濯物さきほど干していま見れば妻が直して
綺麗にさがる

嬉しげに礼《ゐや》して過ぎたるオートバイ郵便夫さ
んかと遠くふりむく

見えないといふ新しい発見を怠らずするわが
眼となりぬ

半坪の藤棚秋は葡萄垂るるこの家の主《あるじ》に会ひしことなし

小雀は萩の枝垂《しだ》れを二度三度散らしてつぎの遊びにゆきぬ

『東京弁辞典』の著者は同期の友赤ちゃんに
なつたと聞く悲しさよ

置時計の内部の飾りしづやかに「時は美な
り」とめぐるならずや

本棚に曾孫の写真ふえゆきて大事な本がかくされてゆく

四つん這ひにわれの書斎を拭きくるるヘルパーさんはけふも健やか

平穏にけふ一日はとざされてこと騒がしき新聞たたむ

*

学帽が戦闘帽でありし日のその塩《しよ》つぱさを口は覚ゆる

インパールに餓死病死せし兵士らに学徒兵あまたありしと知りぬ

天皇陛下万歳と言はずお母さんと言ひて死に
にし兵士のこころ

お母さんと言ひたきをころし天皇陛下万歳と
唱へし兵士のこころ

翠のリボン

上手だなあと思ひつつ読みてゐる歌集上手で
あることにやがて倦みつつ

一首読み考へごとして次を読むさういふ歌集
をいま読みてをり

痛む眼はもうここまでと手に持てる本に翠の
リボンをはさむ

その店はもういまはない五城目　酒を飲みしはあの夜が最後

「先生、我慢してください」と言ふ医師に恐縮しつつわれは我慢す

風船かづらの白い小花を選るやうにかぐろき
蜂が渉りつつゆく

あのときのあの一瞬と背景がみな若きまま黄
ばみて残る

いつ見てもこのひとはあの日この席で写され
たまま腰かけてゐる

あの道であの木に会つてあの角を曲つて花を
買つて帰らう

行きて帰らず

かの逢《あひ》も若き日のこと夜行車の尾灯のごとく
行きて帰らず

チチチと鳴いてゐるのかこの小鳥握らばきつと温かならむ

蟬のこゑ脳裡に沁みよ聞えざる耳は静けき巌のごとし

三四郎は寿司屋の屋号もう無くて夏目坂ながく残りてゆかむ

渡りきるわれを待ちゐる数台の運転手君《くん》にステッキを振る

ステッキにすこしもたれて紺青の秋の果《はたて》の歓声を聞く

人生に実感といふは尽くるなし麻痺せる足の土踏まず白し

働くといふよろこびに幾《いく》歳《とし》月《つき》隔たりてただに
恩愛に生く

折返しの地点はあらず失明への道ひたひたと
違《たが》はずつづく

三枝浩樹歌集『時禱集』に

いよいよにおぼろなる眼は手を引かれ君の歌
集の奥へとすすむ

からまつの針のこぼるる歌のなかわれはいづ
この秋をたづねむ

贈与とは神のたまもの明確にきみはいふなり
春の木に凭り

師も友もむすこむすめも妻君《さいくん》もみな「きみ」
とよぶきみの歌集は

さうなのか

「歩調とれ！」春夏秋冬軍人の号令　さうい
ふ時代であつた

「歩調とれ！」音声《おんじやう》耳に残りゐてうつつの足
はよろめきてゆく

家族会議の灯りならむか立ち退きの決まりて
いまだ人の住む家

むらさきは天の賜もの地に低き菫を踏むなお
ぼろなる眼に

白萩は黄葉《もみぢ》となりて晩年のきみのごとくにほ
そぼそと立つ

風立ちぬ、いざとうたひしこゑを聞くさざなみ立てる秋天《しゅうてん》のかげ

枝交す桜木冬に入らむとし下蔭ゆけば森の匂ひす

二十年後そろつて二十歳《はたち》になる曾孫茫洋とただ幸せいのる

認知症の自分を語る精神科医ひとりゐて長嘆息の夜もあらむ

白壁に冬日あたりて冬の木とその影と眼に二《ふた》
本《もと》が立つ

実体の伴ふ影を見てをれば実体よりも意味を
もつ影

さうなのか自分の生きてきたこれが人生とい
ふものだつたのか

庭先に小鳥来てをりいますこし生きて詠へと
いふことならむ

北沢郁子氏に

小さき字にたちまち痛む眼を抑ふ歌集『満月』かなしからずや

清原令子氏歌集『海盈たず』（昭和三十二年刊）巻頭の一首
古国に築地崩れてのこれるをわれはひそけきをとめにてゆく

会ふ期《ご》なかりしひとの一首を愛するは式部、小町をおもふにも似む

北国の友

三首

北国より来たりし友を送らむに道の角まで添
はれてゆきぬ

わが腕をしつかりとりて北の友別れむ角で握
手に変る

さよならとステッキふれば手をふりて足速き
きみあゝもう見えない

郵便受け手さぐりすれば手紙あらず広告だけがつめたく濡れて

東京に稲妻見つつ一閃は越《こし》の田圃を脳裡に切りぬ

健やかな靴にゆくひと気づかざり石の割れ目の冬草の色

見ゆるもの見えざるものに支へられてここに全き「われ」存在す

関とも氏・岩田正氏逝去

おふたりはもうこの世には居らぬなり夜に入りて不意にさびしさつのる

まさしくも名はその人を体現す岩田正の訃報の写真

冬の木立

蒼々と流るる楽《がく》を聞くごとく冬の木立はしづかに並ぶ

裸木も冬常盤木も根をもちて静かに立つを足とめて見る

静けさはいのちの深さ寥々と木立はいまし冬に入りゆく

小さき庭の数本の木にも四季ありて人間のことをふかく思はす

大銀杏根方につもる黄の層も旬日を経て粉《こな》と散りゆく

この道の桜の古木《こぼく》伐採の掲示を重き告知とも読む

洞《ほら》をもつ古木は余所《よそ》に移さるる計画なくてこの地に終る

桜の根つこ隆起したるを舗装せりそこ踏むときは靴が畏るる

おそらくは人に聞かせず幹の芯裂くる冬なれ古木の桜

若き友ふたりそれぞれ大声に語りて呉れる。
済まないな、疲れた

見えるうちに次の歌集を出したいと夢の中に
て友に告げをり

われに添ふ歌にてありしか歌に添ふわれにて
ありしか過ぎし生《よ》濃かりき

「俺」といふ第一人称代名詞一度だけ歌に使
つてみようか

編者曰く、右はその一首なり

柚子

仏壇に置く柚子一《いつ》顆《くわ》こちら側は静かなのよと
ははのこゑする

柚子一個黄のかがやきを置きたれば仏壇不意に奥を深くす

病臥することなく不意に逝きにしを羨むこころなしと言はなくに

おそらくはある日あるとき忽然とさよならを
するわれにかもあらむ

それまではなんだかんだと面倒をかけるだら
うが宥せよみんな

よたよたと歩むわれなれそのむかし肩で風切る与太公居りき

文語口語まじるを歌にゆるすときその気楽さにこころ引き締む

読むことを望まれてとどく書物なれ手刀切つて積みゆくばかり

東京駅か小樽の街か夢のなかで濃霧のやうな眼が見むとする

〝四季の道〟も遂に行きえぬ足となり青信号のかなた眺むる

一葉《ひとは》をもとどめぬ大樹に射す夕日赤信号を待ちながら見る

四十分のリハビリ終へてぼんやりと見てゐる
庭の水仙の直《ちょく》

万歳三唱いともたやすく声あがる笑止の糸に
つながる恐怖

南天の色をたしかむ　林檎　トマト　苺　サンタの帽子ならべて

父も母も言はざりしことおそらくは心にかけていましけむこと

兄われを認知し得ざる弟となりてしまへり微笑みてゐよ

この年も有縁《うえん》の人らさまざまに吉事《よごと》禍《まが》ごとありて暮れてゆく

Ⅳ

二〇一八（平成三十）年

聖木立

変ること何もなけれど新しき年の心に見る庭の石

これの世に見返り観音在《ま》すやうにわがゆくところ聖木立あり

木立とは孤り立つこと歌を詠む根つこにありて大切なこと

見えない　聞えない　情けない　ないものは
ない　今朝一点の雲もない

霞むともこの眼に見ゆる限界を天地とやせむ
それだけのこと

音楽を受け入れがたき聴覚となりしかニューイヤーコンサートに知る

「音楽のきこえぬ耳は流すがよい蒼きドナウへ」とシュトラウス笑ふ

闘志すなはち諦観容易ならねどもやがて散る
べし一《ひと》葉《は》くれなゐ

なんとなく春の七草そらんじて小寒の夜をあ
たたかく居り

今年また秋津島根を思ひつつ七草粥を食《たう》べけるかな

わが昭和

平成三十年　歌会始　お題「語」　皇后陛下の歌

語るなく重きを負ひし君が肩に早春の日差し静かにそそぐ

寄り添へる天皇皇后　寄り添へる横田夫妻

昭和はつづく

四十年前、北朝鮮に拉致された少女めぐみさんの両親

足音の遠ざかる昭和のいぢらしさまして戦中戦後を知れば

烈風に耐へゐる木立の健気さは何しかも昭和の戦後思はす

「昭和　昭和　昭和の子供よぼくたちは」、
消えざらむ昭和。わが畢るまで

詞：久保田宵二　曲：佐々木すぐる。昭和六年

昭和を六十年平成を三十年　まさしくも棒の
ごとく生き来し

＊

戸山ヶ原は大空のした膝小僧に赤チン塗つて
遊んだ昭和

戸山ヶ原の土手にならんでオシッコのとばしつこした昭和の子ども

戸山ヶ原　陸軍病院の傷兵が野球に興ずる一頃があつた

あのときの傷兵たちは平成のパラリンピック
を知る由もない

誰か思はむ

八十九歳一炊の間《かん》と思ふとき作歌六十九年の
長さ

階段をのぼれなくなり元の書斎に置きたるまの書物恋しき

週刊誌読まねば知らず誰と誰との間に何があつたのか　など

自分なりに学んでみたがどうしても理解できねば自分に還る

音を呑む泉のごとく　さうなのか　さうだつたのかと知ること多し

不全は不全にしてしかも全ならむ　すくなくともわれ一己の場合

ふりさけて見る眉月も弦月も不完全なりと誰か思はむ

寂しさに堪へることなどもう出来ませんと堪
へてゐるひと北沢郁子

歌集『満月』

一《ひと》日《ひ》また一日と凌ぎうつろひて大寒に入れば
きさらぎ近し

この年の生更《きさら》ぎの芽を限りなく宿しゐたらむ
桜木伐らる

『後世への最大遺物』こころ燃えて読みし
二十歳《はたち》の雪の日の窓

内村鑑三

大いなる木草の力　慈愛《いつくしみ》　ながく生きずは知
らざりしなり

若き日の苦しき問は長く生きて忘れしにあら
ず安けし今は

盲人がやや俯きて静かなる姿でゐるをわれは
理解す

労《いたは》るとは使はぬことか見えざれば読まぬの
かわれは労らず読む

「戦争と歌人」の稿を書きつづくる友思ふだ
に鬼気迫るかな

この国の抒情詩の運命《さだめ》　悲の歌の　憤怒の歌
の時代はつづく

頓珍漢劇場

悲劇より喜劇でゆかう頓珍漢老老劇場主役の
ふたり

実千両・日本水仙　トイレなる福良雀の一輪挿しに

流れ来し落葉のゆくへ見てをれば見えなくなりぬ雲隠れせし

歌ではない　夕餉の支度の手順など考へてゐるのだ　まづ米をとぐ

上空一五〇〇メートルに居据れる寒気といふにわが眼をそそぐ

原稿の誤字を言はれて驚かず恥づるともなき
われをあやしむ

手の甲の不意に冷えつつくらぐらと要冷凍の
干物をさがす

平俗を嫌ふにあらず心の位置高きに置きて帰るべき俗

三冊子

事柄はそのもつ柄《がら》にふさはしき韻律により詩化を遂ぐべし

厳《いつか》しき桜木見つつ通るとき謙譲の思ひいつ
よりか持つ

桜木の大き根つこはトラックで運ばれていま
はいづこに在らむ

雪の降るまちを

この今をもつとも凜として立つは水仙花　雪
はめぐりに降るも

誇りかにありし山茶花いつしかに花より白き
雪に隠るる

雪霏々といづこの屋根も夕ぐれてテレビアン
テナ孤独に立つも

デュークエイセスうたひし雪の降るまちを通りすぎゆく若者がゐる

詞：内村直也　曲：中田喜直

かぎりなく雪を降らする天のあり栄達を望むわれならなくに

難儀する人思はるれきよらかに雪の降れるは
眼《まなこ》をあらふ

＊

雪の夜の炬燵をかこむ家族らの表情の不安を
幼目は見し

一九三六年　昭和十一年二月二十六日

歌人斎藤史　聖職者渡邊和子　老いてわれ思
ふこころこごえて

斎藤史には二・二六事件の反乱軍将校に幾人かの友がゐた。渡邊和子は当夜、私邸を襲った反乱軍に父が殺害されるのをまのあたりに見た。父錠太郎は陸軍大将、教育総監。

＊

幾十年ここに聖なる桜ありき清めのごとく雪
降りしきる

桜木の厳《いつか》しかりし跡どころ雪に埋《うも》れて何も匂はず

雪どけの庭にうつむく一本の水仙に静かなる意志を見つ

雪後の庭やうやく石の現れて天地有《う》情《じやう》をう
たふならずや

時の旅人

かすむ眼に影絵のやうな大相撲モンゴルなら
ぬ力士勝利す

優勝力士小さく貧しきジョージアに一つの希望を灯ししならむ

東京の二度目の雪ははやく消え山茶花の花も消えてしまひぬ

漏れてゐる光の棒が床《ゆか》にあり幼児のごとく二度三度踏む

われ読まず妻の読む歌誌高齢者の生き方読本のやうな読み方

頭上には子どもら遊ぶ校庭のあるを思ひて電
車を待ちし

湯湯婆《ゆたんぽ》を婆友《ばばとも》と詠むをかしさは温かさにて雪
の夜ながし

この冬の寒さはつひに湯湯婆《ゆたんぽ》を買はしめわれはも婆友《ばばとも》得たり
蒔田さくら子『標のゆりの樹』

訪ふ日ありし「北越雪譜」の記念館今年の雪にいかに佇む

「画家は眼が見えなくなつたらお手上げです」われは画家ならず歌詠みなりし

「見常者ありて触常者あり」といふこの認識
に到る道すぢ

俊成社の祠《ほこら》の修理を尋ねしが返信用はがき返
らず五年

京都市

何がめでたいと言ふ人あれど弱き身につもりてなほも時の旅人

光陰

看取ること全くなくて遺さるる側となりたる
悲嘆の深さ

鷲尾三枝子歌集『褐色のライチ』・故小高賢氏夫人

椅子のきしむ音が誰かに呼ばれゐる声にきこえてまたも振りむく

小学校修身に習ひし矢のごとき光陰がわが膝をすぎゆく

いかにもさびしい歌だからやめなさいと内なるこゑに従ひて消す

消去せむ推敲せむと自分の歌におのづほどこす一首の途上

惧《おそ》れてゐたことを訊かれた「お父さん　わたしの顔もかすんでみえるの」

生徒らは敬意を嗤ひに隠しつつ老いたる守衛をガンジーとよびゐき

最終の息する時まで生きむかな生きたしと人は思ふべきなり
窪田空穂

おいとまをいただきますと戸をしめて出てゆくやうにゆかぬなり生は
斎藤　史

「ゆかぬなり」と「べきなり」の間《かん》を行き来する心といふを現身はもつ

歌にあらずは攘《はら》ひがたしと家持に倣ひてわれも締緒《ていしよ》を展《の》べむ

大伴家持歌　万葉集巻十九　四二九二番

家持の眼を向けさせし揚げ雲雀締緒はいかに
深くぞありけむ

春は

若き日に疑ひつつも読みたりし運命愛がいま甦る

それは他人にむかつて言ふべきことばではない。
「運命愛《アモール・ファティ》」とわがよぶ神居古潭の石見遣れば
つねに静かに返す

弓なりに反る桜木の荒々しく玄《くろ》き樹肌はいの
ちを鎧ふ

荒々しく樹肌を鎧ふ桜木はいま生動の二月をしづか

きさらぎの生動の気はおもむろに木《こ》の芽の張るに継がれてゆかむ

終りなき時の流れのこの今の一刻に遭ふ
満天星《どうだん》芽生えつ

オノマトペすたすたといふは夢なれど歩きた
きかな〝四季の道〟　春は

オノマトペよちよちといふよろこびをみどり児にこそ見たけれ　春は

うつしみの肩はおとすな怒らすな時くれば咲く花あり　春は

あとがき

前歌集『行きて帰る』（短歌研究社）につづく第十一歌集である。二年余の作品に今年一、二月の作品を加えての四七五首、ほぼ発表順に編集した。『行きて帰る』は一昨年秋の出版だった。生来、頑健とは言い難い私が、八十八年を生かされた感謝と自祝の気持をこめての出版であった。その後まだ二年も経たないのに、追うようにしての本集である。緑内障の進行がいちじるしく、なんとか読み書きのできるうちに自分の手で歌集稿を作りたいというのが、刊行を急いだ最大の理由であった。そしてその念願は叶いそうだ。『行きて帰る』によって私は斎藤茂吉短歌文学賞（第28回）と迢空賞（第51回）とをいただいた。思いがけないことであり大きな喜びだった。実は出版前からこれは生涯最後の歌集になるだろうという思いがあったのだが、右の賞をいただいて、これをゴールとしてはならない、年齢とは関係ないというつよい意思を自覚した。

歌による表現者われ九十歳の胸にすこしく荒野《くわうや》を残す

これがこの「あとがき」を書いている現在の心境である。

この二年余、目の不安に加えて健康状態が徐々に私を足弱にし、ながく歩くことが苦痛になってきた。わが家の角に出れば見える距離にある散歩コースの〝四季の道〟も遠くなり、ごく近所を歩くだけになってしまった。そしてそれが私に新しい発見を促した。

六十余年前、この地に住むようになったころはまだ武蔵野のはずれの面影が見られたのだが、その遺物のような大樹、老樹に私は自分をかさね、敬愛の気持で眺め、近づいて撫でさするようになった。老樹の根っこは地面を持ち上げ、その盛り上がった土に一輪の菫の花がそよいでいるのを見た。この可憐な菫にも根があって風にそよぐ一茎一花を懸命に支え、しかし程なく畢るのである。日ごろ土に親しんでいる人ならば何ということもないこうした植物の姿に私はどんなに生きる力を得ていることか。それは雲にも石にも言えるのである。天地は有情だ。歌集名を「聖木立」とした所以である。

装画を、十数年来の心の友、北海道風景画館の奥田修一画伯にお願いした。氏の古里は埼玉県日高市。大欅があって幼いころから仰ぎ見ていたという。三十年前、画家として生きる決心をし、新天地を富良野にもとめて移住するまでの間に描いたというその大欅。当時二十七歳の青年の、独立行の決意は真直ぐに私の胸にとどき、提示された多くの作品の中からためらうことなくこれを選んだ。感謝のことばを知らぬほど嬉しい。奥田さん、有難うございました。

この二年余にも多くの誌紙に発表の場を与えていただきました。厚くお礼を申し上げます。角川「短歌」編集部の石川一郎氏・打田翼氏にはたいへんご尽力をいただきました。有難うございました。

「まひる野」の創刊は敗戦翌年（昭和21）の三月。主宰窪田空穂、編集発行人窪田章一郎であった。翌年十月、私は早稲田大学旧文学部地下の売店で、ふと手にとった「まひる野」十月号、この一瞬が私の人生を決定づけた。翌年八月に入会。その秋、章一郎先生に歌をみていただこうと雑司ヶ谷のお宅に伺った。そのとき初めて空穂先生にお目にかかった。先生はにこにこして「よし、私が見てあげよう」と言われ、幾つかの感想をのべられた最後に、「きみ、しっかりやるといいよ」と励ましてくださった。

あれから七十年、私は「まひる野」に育てられた。歌だけではない。この歌誌に関わったことで、私は人生の多岐にわたることを学んだ。いまはこの「まひる野」に並ぶ歌さえ読みがたい眼になってしまったが、この歌誌があって今日の私があると言ってすこしも言い過ぎではない。ここに深甚なる感謝のことばを遺したいと思う。

「まひる野」よ、ありがとう。

二〇一八(平成三十)年　晩春

橋本喜典

歌集　聖木立　せいこだち

まひる野叢書第三五六篇

2018（平成30）年8月1日　初版発行

著　者　橋本喜典

発行者　宍戸健司

発　行　一般財団法人　角川文化振興財団
〒102-0071　東京都千代田区富士見1-12-15
電話 03-5215-7821
http://www.kadokawa-zaidan.or.jp/

発　売　株式会社　KADOKAWA
〒102-8177　東京都千代田区富士見2-13-3
電話 0570-002-301（カスタマーサポート・ナビダイヤル）
受付時間　11:00 ～ 17:00（土日　祝日　年末年始を除く）
https://www.kadokawa.co.jp/

印刷製本　中央精版印刷　株式会社

 ISBN978-4-04-884209-9 C0092